時のかけら

昭和ノスタルジック恋日記

さくら さち

SAKURA Sachi

文芸社

はじめに

　このお話は1970年〜1980年代の日記の一部を切り取って書きつづった恋日記です。わたし自身の成長の記録として本にさせてもらいました。日記ゆえ多々お名前が出てきますが仮名とさせていただきました。

　多感な時期のままならぬ思いに悩み葛藤する姿はわたしのまんまであり、今のわたしに繋がっているのかも知れません。少しずつ大人になっていくわたしがおもしろく、読み返すたびに元気をもらっていたように思います。

　14歳の交換日記の想い出。
　まだまだ日記でしかおしゃべりできなくて質問のコーナーやデートの約束、早く何でも話せるようになろうとしてた。急にはずかしくなり直接話せなくなってたけど……文章で書くその文字も気持ちやらしさが現れてて、それはそれで楽しすぎる。
　少しずつ知れば知るほど恋していく。

　恋ははじまりとともに
　少しずつボタンをかけちがえはじめる……
　それは……
　いつか正されるわけではなく
　平行線だった

だからなの
あなたはいつも　いつまでも……
わたしの王子様のまんま

この恋は私を少しずつ大きく育ててくれた。
そして……
強くたくましい女性へと変わっていく私がいた。
私の大人の階段を共に歩んでくれてありがとう。

誰もが大切な思い出を心の中にもっている。
若いうちはこんなことがあってもいいよね。

この本を手に取っていただきましたことを嬉しく思います。
このお話をそれぞれの思い出とともに
それぞれの感情で朗読されることを願います。

日記　15歳・16歳・17歳

8月23日（月）

なぞの女の子

1通の手紙が届きました
さし出し人の名前がかいてなくて文字をきりぬいてはってあります
いつもわたしにぶつかってくる様な言葉がかいてある
あなたにききたいことがたくさんあるみたいなんだけど　あたまの中に小さくからみあってるみたいで何もいえない……
もう1度でんわしたい
あなたの声がききたい……

8月24日（火）

地元のコンサート

フォーク＆ロックコンサート
楽しかった　見に行ってよかった

8月27日（金）

事件発生

今日突然のこと
コンサートにでた男の人から電話があったのです。
あまりにも誠也君と声やしゃべり方が似てるからびっくりしました。それがしょうこに、いっしゅんのあいだだったけれど誠也君のつもりでしゃべっている自分にフッと気がついておかしくてふき出してしまいました。
わたしより5つ年上なんです。19歳の大学生。
年上の人はどんな感じなのかわかりません。でも、とにかく話していると楽しくなるんです。
"スキです"なんていってもじょうだんにしかきこえません。顔はじょうだんっぽいんです。自分でいっているのがおかしくて……わたしはどうしてもこの人の顔が思い出せないのです。気憶力うすくてごめんなさい。

8月28日（土）

心の迷い……

わたしの罪はとても重いんです。ゆるしてくれますか？
年上の男の人と会って話をしました。わたしの心がこの人に会って話すことをゆるしてしまいました。
だからわたしの罪は重いんです――
楽しかったのもこの人がおもしろいから……会っているだけで……顔を見ているだけで……とても年上の人とは思われなくて……それに……誠也君と感じが似てるんです。それが何となく信じられなくて……
誠也君みたいな人は他にいないと思ってた。

二人を同じ気持ちで受けとったら、もうわたしはダメです――
悪い子です。そのとおりです。
でもそんなことはしません。
わたしには、いつまでも誠也君がついていてくれると……
……そう思うから

8月29日（日）

心の迷い……

誠也君だけしか信じられなかったわたしが
どうして、今、他の男の人を信じられるのか？
とても不思議で不思議でたまりません。

9月1日（水）

心の迷い……

授業中せいやくんのことや年上の彼のことが思い出された。今日は近くにせいやくんがいたせいなのか、ほんとにはっきりとせいやくんしか信じられない、信じないと思った。
どうしてこんなにまようんだろう。

9月8日（水）

暗い影

わたし悪い子になりそうだけど、なるつもりじゃない、だって
せいやくんがいてくれるから……って思ってたのにせいやくん
からの返事がとても悲しかった。
悪い子になりたければなれっていう、それにわたしが悪い子に
なると助かるって……そしてわたし以上に悪い人になりそうだ
って……
どうして？　せいやくんはそんな人じゃない──
わたしをうらぎるかも知れないっていう
わたしこんなこと絶対ないって思ってた、せいやくんはそんな
ことしないって思ってる……
わたし今日はおもいっきり泣いた
この手紙がうそならいい、あなたが誰かを愛しはじめたのかも
知れない──
あなたはもうわたしをおまえなんか……としかみてくれないか
も知れない。

9月13日（月）

心が離れた日？　バカな私

昨日から
おまえの思っている
ことがわからなくなった。
ぜんぜん……。
という手紙を誠也君からもらった。昨日は昨日で何を話したの
かもう覚えていない……
きっとわけのわからないこといったんだと思う。
バカなんだナ、わたし。こんなわたしじゃ誠也君にふさわしく
ない、誠也君があきらめるより、わたしの方があきらめなけれ
ばならないように思う。
それは誠也君にわるいと思うから……!?
わたしの思っていることもわからなくさせたのもわたしだけど
……思っていることがわかってもらえないんじゃこれから何も
していけない。信じてもらえなくなったらもうダメなんです。
わたしも信じることさえできません。誠也君!!　いっそのこと
「さよなら」をいって下さい……わたしも、もうつかれました。

こんなに近くにいるのに
　　　さよならだけはいわないで……

９月20日（月）

変わりたい思い

あなたはわかってくれるはずがない
わたしが変わろうとする気持ちなんか……
でも少しでもわたしの思ってることをわかってほしい……
少しだけでも信じていてくれたらうれしい
今日、とても悲しい（淋しい）から泣いたの……
アホでしょう、ただ泣くんだから
どうしたのかわからなかったけれど、おかしいネ
思い出が多すぎるのかナ⁉

9月21日（火）

"変われる？"

髪を伸ばそうと心に決めると
目がしらがあつくなり
髪を切ってしまおうと決めてしまうと
何だか淋しくて涙が
でてしまう……
変な、わたし……

思い出が消えるのか
それとも……
新しい時代が生まれるのか

こわい

9月26日（日）

決断した日

あさって東京に帰るという年上の彼にきかれました、オレと誠也君とどっちがいいって……
誠也君って答えたの……
あとで年上の彼からでんわがきて、ふられたからビール三本飲んだんだって話してました
東京に帰ったらステキな恋人があらわれますように
おにいさんと思っていいっていってくれて
ありがとうー！
さようならー！

10月7日（木）

ドキドキ

あの人の生物のあとは、私達の生物の授業──いきかうローカ
ですれちがうことができる。
生物教室へ向かう途中に思い出したのです。
すぐそこの角から今にもあの人がでてきそうです。そしたら私
どうしようどうしたらいいかなぁ……。その角から突然にでて
くる人の中にあの人のかおがうつった時、昨日出会った時のこ
との様にうれしくて、あの人とゆっくりかおをあわせてみたか
った。それなのにあの人をみつけたとたんに正反対のことをし
てしまったの……
見つからないようにぐっと心がおさえつけられたみたいになっ
てあの人のかおもぜんぜんみなくて通りすぎただけ……
ほんとは明るいかおしてあなたをみたかった。あなたも明るい
かおで“おい”とよんでくれるなら……と……思うのに──

10月8日（金）

テレパシー

何だか今日はとてもつかれていました……
誰かと話すこともこわくて空間だけをみてきました。そしたら
あなたがみえたから心の中であなたの名前をよんでみました。
きこえたなら返事をしてください——
何か月か前にふざけてテレパシーをおくろう……なんていって
たけれど通じなくて残念だったよネ、あの時は、通じるわけが
ない……って笑ってたけど……
今になってテレパシーが通じてくれたらって思うようになった
の……
残念だけどあの人の言葉がきこえない——

10月11日（月）

彼にセーターつくりたい

彼とペアのセーターをつくりたいと思いました……
私たちの1歳の誕生日がくるまでにつくりたいと思っています

10月26日（火）

すれちがい

すぐそこにあなたを見つけた時は
あなたの心がつかめなくて
背中あわせのあなたにふうっ……っとため息つきました
すこしのあいが見えたでしょうか？

いつからあなたはそこにいたの
気づかずにいた私は
一人で笑っていたけれど
あなたはわたしに気づいていたのかナ
それとも偶然なだけ……
ふり返った時にはもう
あなたは消えていくのネ

10月29日（金）

けさはものすごい風の音で目が覚めた。秋の色にそまりはじめた木の葉が窓にぶつかっては、空の上を飛んで行く。まるで台風におそわれた飛行船のように――。

ふとんの中でわたしは目をこすりながら、窓の外をながめた、映画のスクリーンをのぞき込むように……。ああ……何ていじ悪な風だろう。

赤くほほそめた木の葉……黄やオレンジのドレスを着た木の葉が……窓の外をよこ切って行く。

秋の色が目の前を通り過ぎる――。

風の音と落ち葉達、もの寂しさをさそう……

ふとんの中で目をこすってみた　朝――。

秋、もうすっかり目の前は秋でした。

さようなら　さようなら

でも　さようならは　つぎの

こんにちはの　はじまり……

See you again――！

11月3日（水）

今日は文化の日だからお休み！

今がチャンスと午後セーターを編み始めました。そして午後は
終わったのデス……
なんて──かんたんには書きません
彼のためにと一生懸命に編むのデス
あと……日にちがないから少しでも早くしあげようとせっせと
編みました
セーターなんか作るの初めてなの
うまくできるかな？
彼が喜んでくれるかな？
──不安──
わたしの編んでるセーターがあなたの物だと思うと近くにあな
たがいるようで
あなたとお話しできたようで……
とてもうれしくなってくるのデス！

11月5日（金）

今日もあなたをみかけませんでした
だって……休んだんだもン

でもセーターだけは必死で編んでます……！

11月6日（土）

うわさ

"わたしと誠也君の交際は終わってる"っていううわさを聞きました、それも一度だけではないのデス……
でも何もわたし達のこと知らないんだと思い全然気にもなりませんでした、気にすることもないと思ったから……
だけど今日は二度も聞きました
それに"みんないってる"っていっていました
わたしにはわかりません、わかれたつもりじゃなかったから、誠也君はわたしの気持ちがわからなくなったっていいました
きっとこの日からわたしたちの気持ちは二度とつうじあうことがないようになったのでしょうネ？

今日一度だけ学校で出会いました。でもまったくの他人でしかなくて、ほんの少しのふれあいもありません。
別れてしまうとこんなに遠い他人になってしまうの……？
あなたのために編むセーターも編み上げる自信がなくなりました。でもわたしは二人のための一周年がくる日まであなたのことを信じています。そのためにセーターも編んでみます。あなたはわたしのためにいつもいろんな話してくれました。時々ふざけてみるわたしも、うれしくていつも声がはずんでしまいました。あなたといっしょにいることが一番楽しかった。

あなたとわたしのネームのはいったブレスレットも二人おそろいにしてあなたはわたしにとくれました。あなたの思いがわかりました。あなたの持ってた万年筆もわたしの15歳の誕生日の時くれました。あなたのものを持ってるわたしはずっと心が通じてるような気がしました。あなたの万年筆はいつもきれいです。

まだたくさんあなたは思い出の品をくれました。それなのにわたしはあなたのために何一つしてあげたことはないのです……
わたしは二人のための一周年がきたらセーターをあげます。
あなたのためにはじめてすること……
そしてこの日があなたのためにする最初で最後のことになるのでしょうネ？
そしてこの日がホントにわたし達の別れの日になると思っています。
でもわたしは忘れません。

昔二人で語り合ったことやふざけたことが思い出されてとてもさみしくて一人で泣いています。
でもなんでもないこと……
あなたのせいじゃない……から……

11月6日（土）

愚図だと言われる

学校で今日山君が言いました
"あんたは愚図だ"と……
わたしは家に帰ると辞書で調べてみました、この時はじめて愚
図の意味がわかりました
こんなことを言う山君なんか大キライ
ホントに絶交しようと思います
大ーキライ！　口なんかきいてやらない絶対に……と一人であ
ばれまくった
でも人に言われて自分自身がわかりました。いままで気づかず
にいたわたしは、愚図なんだってことを……

11月7日（日）

決意

今日からわたし変わるの──

悲しい時には泣いて、おかしい時には思いっきり笑って、はらが立ったら誰だっておこってやるンだから、それに思ってることは、はっきりいってしまう
やりたいことは自分から自信持ってやるの……
今の髪がもっと伸びたらもっと変われる
少しずつ……少しずつでいいから今までの自分より変わろう……
"明るい女の子になれたらいいな"
いつも物事にこだわってさびしがってるわたしにGood-bye──！　なんて、かっこいいことというけれど明日からとはいえない

11月8日（月）

月よう日

―月よう日―
今日が一週間のはじまり
わたしはいつも思うのです
"何かいいことあったらな……" って
月曜日は少しだけ変われそうな
気がします

11月16日（火）

セーター仕上がる

そうそうセーターが出来上がりました。でもガッカリ……
予想とはまったくちがう。不かっこう……
わたしが着てみると肩がおっきすぎてずい分みっともない。
あの人が着たらどうかわからないけれどホント不かっこう。
こんなのなんだかはずかしくてあげられない……
どうしよう──
せっかくあんだのに──

11月19日（金）

記念日前日

とうとうあした──わたしが一生懸命に編んだセーターを誠也君にわたそうと思います。

ほんとはまだあげる気にはなりません。

セーターだって思ったよりうまくできなかったし、11月21日が一周年だっていうこと覚えててくれるかどうかもわたしにはわからないから……カードをつくって手紙もそえようと思いました。でもなかなか言葉が書けなくてとうとう書かずにあきらめました。

"せっかくつくったんだからあげた方がいい"

って友達に言われました。わたしだってそう思います。

受け取って喜んでくれるのならわたしはそれだけでたくさんです。

わたしもうれしくなれるから……

11月20日（土）

二人の記念日　セーターを渡す

あしたがわたしの大切な日──。
誠也君とわたしの交際がはじまった日。
誠也君が忘れないようにこの日と、わたしの誕生日をノートに
メモしたこと覚えています。

はずかしかったけれどセーターわたしてもらいました。直接渡
す勇気がなくてわたし達のことをよく知っているわたしのおさ
ななじみで「あげた方がいい」と言ってくれた彼女にたのんじ
ゃった。それでも……わたしてよかった。
だってネ──誠也君があしたは何の日か？　ちゃんと覚えてい
てくれたからデス。わたしうれしくてうれしくて──。

「かぜ」ひかないようにわたしのセーター着てくれるといいナ
ァ──！

12月12日（日）

自己嫌悪

とうとう髪の毛切っちゃった。
それもう〜んと短いの──
センスの悪いヘアスタイル……
こんなつもりじゃなかったのに、もう似合わない。変な顔──
あした、こんなんじゃ学校行けない。
人と顔も合わせられないくらい。
あしたはなるべく人をさけよう……。
年上の彼に美人だ！って言われたことがあった。……全然……
わたしなんか最低の女！　すごいブス！　こんなん彼だって思うはず。
"美人じゃないね"そう思ってくれる方がいい。
わたしはつまらない女、ブスな女
何もできない変な女だ。

12月26日（日）

前向き

ゴーゴーというものすごい風の音といっしょに雪がふりはじめました。こうして部屋の中で独りこたつの中にいると去年の今頃のことが思い出される。去年はよかった……
楽しかった。どんなに冷たい風が吹いてもたくさんの雪がふったってあなたと二人いつも楽しくてあたたかった。
１年昔がとてもなつかしい。もう１度あの日のように過ごしてみたい。だけどそれはもうとても遠い夢になったの……期待だけがいつも心の奥底にひそんでいたけど、今ではあきらめようかと思っている。どれだけ待っても、待ってもあなたの言葉も聞けないし、心がつうじるような糸も見えない。とても悲しいけれど、期待だけは小さくして。
今度誠也君にあう時は初対面でこんな人がいたの……ってびっくりして、またおもしろい人だなぁーって友達とうわさしてみたりして、誠也君といたずらに話してふざけて、友達になって、一歩からやりなおそう。大事な友達にしたい。
これからも同じ学校にいて、となり同士のクラスでいるのに冷たくしらけて会うたびにいやな思い出にひたらなくてはならないなんてあまりにも……タエラレナイ──
だってわたしたち若いんだもん！
きっともとの友達にもどれるわよ！

12月1日（土）

あーなんてわたしはバカなの（クフッ）
1月なのに12月だって、シッパイー！
今日から新しい年です。

高1　正月の目標

A
HAPPY
NEW
YEAR…

今年の目標→何にもくじけず、最後まで頑張りやりとおすこと！
一言→アハハハ……ハ？

3月8日（火）

16歳　　誕生日を迎えて

私は昨日少し大人になりました。誕生日を迎えて16歳になったのです！
昨日はとってもいい日でした。朝、くつ箱にあの人から手紙がとどいてました。
誕生日覚えててくれたのですネ!?
私を忘れてなかったのですネ!?
あなたからの手紙が何よりの贈り物でした。とってもうれしくて、感激しました。

3月8日（火）

彼との出会いふり返る

彼との出会いは中三の春
その秋ごろ告白され
恋人同士になる♡

わたし、失恋したみたいです。
まだ16歳になったばかりなのに……

14歳をすぎるころ、背高のっぽで足長の男の子に出会いました。偶然クラスが同じになったから知ったのです。とってもおもしろい男の子！
ふざけて……笑って……おしゃべりして……あそんで……
素晴らしい友達をみつけたのです。それが——せいやなのです。
そして……せいやに言われてうれしくて、おどろいて交際が初まりました。
二人っきりになるとドキドキでした。
それが私の恋の始まりなのです……
何もかもが楽しくて……何もかもがきれいに見えて……そんな毎日がつづいてとても幸せでした。

15歳、二人とも高校生になりました。クラスがちがったことが一番のショックでした。でも、となり同士……心も通じてました。

そして──15の夏、一人のなぞの女の子があらわれ、せいやをさらって行きそうになりました。

それでも、二人心を結んで、そんな女の子も気にせず前と同じようにしてきました。でも、この時の手紙はあまりにも残酷なのです。この日から少しずつ心がはなれていきました。

おたがいに思ってることがわからなくなったのです。それでも、私はせいやを信じてました。

でも、もうおそいのです。恋人にはもうなれません。ただの交際だけになってしまいました。

何のつながりもないただの交際……

心のかたすみに残っててときどき聞こえてくる。

もう一度、前のようにおしゃべりしてすごそうヨ！

3月19日（日）

せいやと2人、いろんなこと話したヒミツの場所へ行ってみました。

木にかこまれていてどこまでも続いているようななが～い小径。

昔とちっとも変わってないけれど……ただ待ってくれている人はいませんでした。

もう、春の陽ざしがいっぱいでした。

実は……せいやもいないヒミツの場所に来たのには理由があるのです。

去年の夏ごろの手紙のことなんです。

せいやのすててくれた所を探しに行って来たのです。でも、ありませんでした。

雨と雪にとけてなくなっていました。ガッカリです。

もう一度読みたかったのに……

そしたら土の中にうめてしまって……わすれようと……

あの時の手紙はあまりにもひにくだったから……キライデス。

9月4日（日）

久しぶりの会話

あなたへの反発心でクラスメートと交際はじまる。とてもオープンな彼にクラスの中でもとても素直に楽しい会話ができた。
そんな彼、とおる君はあなたとお友達。
その後なぜか３カップル合同であそびました。
もうあなたとは顔も合わせられないと思ってたのに……こんな話ってある？
でも久しぶりに話せた。
あなたが言ってました。
これからはローカで出会っても気まずい思いしなくていいって……
とおる君とは、このまんま友達でいい。
どうしてもことわることできないみたい。
でも、たくさんの人たちと、こんな交際してるとつかれるだろうな⁉　いろんなこと考えなくちゃならないから……又なやみそう……

９月29日（木）

日記を見られた日　見せてあげた日

今日はToruといっしょにSachiの所へ行って来ました。ショックでした。　　　　　　　　　　　　　　　From Seiya
今日は話ができました。うれしかったです。あしたもネー。
　　　　　　　　　　　　　　　　　　　From Toru
今日は…………でした。

　　　　　　　　　　　　　　　From Sachi
　　　　　　　　（誠也が私の日記に書いた言葉）

今日は私のお客様を家にしょうたいしました。
二人とももっと元気にとび回るのかと思ったれけれどそうでもなかった。
おだやかな空間だった。

この日記帳は人をきずつけ帳だから　全部書き終えたら　手のとどかない所に　とうぶんしまっておこう

10月2日（月）

日記を読まれたその後

誠也君のショックは大きかったかも知れません……
でも　私のショックも大きいです。この日記全部読まれてしまったから……
人に読まれるんだったら　もっと他の人のこともいっぱい書いとけばよかった。あなたのことしか書いてなかったのは私のひとりよがりばかり……だから
今から思うと顔もあわせられません
でも　もういい──すんだことは忘れましょう
あの日二人が遊びに来たことは、夢……！
夢だったのです。忘れられるものは　みんな夢
どんなにいい夢でも　月日がたてば
忘れられる……はかないものなのネ

私　強い女の子になったそうです
ふつうの女の子とは　ちがうそうです
そうかも知れない……

11月7日（火）

今日 "奈々ちゃんに似てる" って言われました。そうそうあの岡田奈々サン
声とか感じとか……似てるんだって、うそみたい
少しうれしいような　はずかしいような
そういえば　中学校の時
よく言われました　似てるって……
だから今　目の前にある鏡のぞいてみたの
何てひどいんでしょう　又いやなニキビが増大してるじゃない
本当にめんどうなニキビ……
オロナインでもぬってねましょう

11月8日（水）

☆―ピンクのふうちゃんより―☆

さよなら
――わたしの初恋
あなたについていくのは
もうとても無理です
恋する心を
ふりまわし
ほうりなげ
おもしろそうに笑っている
あなた
……
わたしは　そんなに
丈夫ではないんです
心はもうズタズタです
不器用だし
本気と冗談の
区別もわかりません
……

これ以上
あなたの遊び相手は

できません

……

さよなら……初恋

12月19日（火）

新恋人現る

わたしとなおの交際、まるでかかわりのないところからはじまった。

なおの電話一本でつき合ってみた、それまでこれといった話もしたことのなかった人だった。

顔も合わせたことも気にとめたことも電話がかかってくるまでないといっていいほどなかった。何のめぐりあわせかそうなったけど、わたしには、なおに対して何の気もなかった、どんな人かも知らなかった。

それが今じゃ恋人同士とよばれてもおかしくないくらいになっている。

わたし、つき合ってはじめて気になりだして、性格や、どんな人なのか、というのがわかった。今じゃ、なおの思っていることとか何となくわかったり、誰よりも親近感を感じ、なおがいたら何でもできそうな気さえする。なおと交際してわたしにプラスした面がいくつかある。

勉強や交際についてなんかが変わった。

なおのおかげで成績前よりはいいと思う。よくなったのよ、このことには、すごく感謝してるの。

わたしのなおに対しての気持ち、はっきり言って"すき"。交際してきてこの人はたよれると思った。

今は"すき"ただそれだけしか思われない。人間として、友達
として、わたしのそんけいする人の中の1人として、異性とし
てほんとうに"すき"なのか、まだわかんないけど……
でもこれからもずっとつき合っていきそうなわたしたち、これ
から何があるかとてもわからないけど、2人なら、はげましあ
って、どんどん成長していけそうな気がする。

12月25日（月）

はっぴー

今日は予定どおり、なおの家へ遊びに行く日です。よゆうをもって身じたくして、10:00には発車〜〜するはずだったのに、またまた、わたしの時計ったら1時間もおくれてくるってたの。もちろんよゆうもって起きたのに、下の時計は9:30、バスにはかんぜんにおくれた。
身だしなみや、セットもスピード身じたく、かがみのぞいてるヒマもなかったわ。
ついてない時ってあるものネ。なおの家、電話かけたの、それがつうじなくて、やっとの思いでかけた。その結果、途中までバスで行き、それからなおと自転車で2人乗りして4キロの山道をのぼったの。さむいし、わたしは、おもたいだろうに……となおがかわいそうで……
そのうち、やっと、11:30になおの家についたの。

家についてひといきついてお話ししていると、もう12:00、お昼はなおと一緒にうどんつくってたべたの。それから、コーヒー入れてもらって、LPはずーっとつけっぱなしで食べたり、話をしたりしてたの。
そのうち、友達がきたけどなんとか、おいだした。
家をみた、部屋もみた、ジュリーのポスターがどかっとあった。

アルバムもみた、おもしろかった。

12月25日（月）

もうひとつのはっぴー

きのうの夜は、なおの家へ行くということで寝る前にこんなことを考えた。

いけないことかもしれないけれど、またせいやくんをひっぱりだしたの。

わたしがなおの家に行くのにバスに乗り、その途中から、せいやくんが彼女の家へ行くのに乗るの。その間せいやくんと一緒で……

久しぶりにあったから、お話ができた。

となりにすわって、笑いながらいろんなこと話せる。こんなこと、寝る前に想像して楽しんでたの。もしかして、本当になったらなぁ……と思いながらねむったの。

そして今日、ねぼうして、行きあたりのバスにとびのって、あーなおに悪いことしたなぁ〜、もっと早くおきてたらなぁ〜なんて、くやみっぱなしできのうの夜考えたことなんてすっかりわすれてた。

それなのに、うそみたいに、途中からせいやくんが乗ってきた。わたし、うれしいやら、おどろいたのやら、ほんと、信じられなくて、目まんまるにしてたよ。

わたしのすぐ近くのうしろに座ったせいやくん、"何か話したいな"って思いながら、外ながめたり、目の前のおじいちゃんながめてると、次のところでもうせいやくんは、おりるらしく、チンとブザーをおした。わたしは、彼女の家に行くんじゃなかったのかなと思いながらも、つまんなかった。

なんとかせいやくんのかおみてさよなら言いたかった。それが、ふっと横みるとせいやくんが笑って、「どこ行く？」なんて聞いたの。わたし「うん、ちょっとね」なんて言ったの。でもせいやくんは笑ってた。わたしも……

バスはすぐにとまって、せいやくんは「バイ」っていった。わたしも、あわてて「バイバイ」って言えた。バスからおりたせいやくんをもう一度見てみた。

また手を上げてくれた、わたしも手をふったの。おもいっきり……

心の中では、手上げてくれた時ふと昔のことを思い出した、わたしがかえるのみかけたら、あなたはよく手をふってくれた。どこからでも、わたしがみえなくなるまでずっと……

やっぱり、わたしまだあなたのこと思ってるらしい気がする。どうしよう。

もう、わたしとせいやくんはむすばれないのかもしれない。でもほんとうはむすばれるために出会ったような気がするけど……

夢のようなことになってとても自然に声かけあった、すてきな今日でした。

わたしが想像してたとおりになるなんて……
さよならしたはずのあの人にあえたなんて……
すてきなお話しタイムがあったのよ
わたしとあの人の……

わたしの時計さん１時間くるってたこと
おかげさまでバスにおくれたこと
次のバスにのったら、せいやくんにあえたこと、そればかりか、
笑って声かけあって……うふ……うそみたい……
わたしたちの運命だったのでしょうか？
かんしゃ♥

12月28日（木）

初めて誠也と会ってから
早いもので三年……四年……
交かん日記をすることで
片思いにさよならしたはずの
わたし達も、その後いろんな
人にめぐりあって、そして
時々、ほんの少し、相手のことを
忘れてしまう……
ユーミンの歌じゃないけど
──「少しだけ片想い」
さださんの歌じゃないけど
──「殺風景」
片思いってつらいけど
両思いってもっともっと
つらいときがあるんじゃないかなって思います。
相手を思う……ってどんなことでしょうねェ

1月6日（金）

風

風はさわぐ　ザワザワと……
音をたててやって来る
風はやまない　うめきながら……
雨雲つれてやって来る

窓に映る風はやさしい
やさしい目でみる風は泣いてる
やっと見つけたやさしさだった……
やっと見つけたあたたかさだった……
音をたててこわれた日がある
風は知ってた　悲しみを……
風は知ってた　冷たさを……
風はさみしい……

2月14日（火）

バレンタインデー

目の前のアベックに『さよなら』の交換をしたわたしでした
今日だからこそあったかそうに見えた二人でした
ひやかしの目であたたかく見つめたものの
お二人さん　本当はわたしの心の中は
さむかった
家に帰って買わないはずのチョコをひろげて"このやろう"と
思って食べた
何故か悲しくもないのに涙が出る
ウイスキー・ボンボン・チョコレートのせいで好きだったあの
人の姿と恋のかけらが仲よくこぼれおちたVALENTINEでし
た

3月15日（木）

先生と面談

今日進路について先生と面談
私にとって思わぬことが起こって何だかおかしいの……
先の見えない不安に答えを出せないでいる私に先生は笑う
交際に関しても先生からのやさしい忠告がチラつく
迷いながら先生の顔見たら……急に泣きベソかいてきてグシュ
はずかしかったのかな？
いっきにかくしきれない感情がこみあがってきたの──最初に
言った先生の言葉も心に響いた
「今日は元気やねえがんねえか」？
「何か悩んどるんでねえか」？って
私そうゆう風に見えたのね　何故かその時からふるえてたの
……先生も不思議そうに言った　私も「何故だか分からない
……」って　そう、しめっぽい顔なのに
笑ってごまかしたの──

涙の１日

何が悲しいのか？
なぜ元気がないのか？

人にみつめられて……
人にささやかれて……
初めて　本当の自分に気がついた

そう
わたしは悲しい
元気がない

何故か？
問いかけには答えられなかった……

6月6日（火）

目をさまして鏡を見ると私のヘアーはまきまきカール──。
あまりにもかかりすぎて不自然なものだから　いやでたまらな
いのです。そんなわけで今日は変な気持ちで居たのです。
何とな〜くつまらなかったのも　きっとこのせいなんでしょう。
もう二度と　こんな思いはしたくない。
今日の調子からみて今後が気になるので星占いを読んでみた。
すごく残酷──★　どこを読んでもいいことなし。夢も希望も
どこへやら……

17歳　の決意

私は17歳
20歳を数えるとあと2年～3年。
今でも大人だ！　と言えば大人だろう。
しかしながらたいしたことはない。
こんな私は今　自己反省をするヒマを見つけているのです。
私といったら　知識もたらず、一人でいては心細いというあまえんぼうなの……独り立ちすることを望まない。
これからはいろんな人と話すきかいを多くし、どんどんいろんな事に挑戦していこうと思う！

6月12日（月）

昔の日記帳読む

いつもより早く帰った今日、何だかヒマだった。読みたくないマンガを見るより……したくない勉強をするより……と思いついつい昔の日記帳を読み始めた。
ふり返る思い出に心はみだれ、いつの間にか　泣けて泣けてしかたがなかった。
私の思い「悲しい恋の物語」がかくされた日記帳

失恋に終わった私の恋
まだ忘れられず　すきだと言えばすきなのかも知れない。でも今ではもう、昔にもどりたいなんて思いはこれっぽっちも……？　ない。なのに今日こんなに悲しかったのは、あの人には彼女がいる。
見て見ぬふりしてた私だけど　やっぱりあなたが彼女をつれてると心がいたい。
わかってる。ひれつなしっと心だってことは……
でもあなたに彼女がいなかったら……
彼女と別れてほしい（ごめんネ）……と思った。

6月25日（日）

日記読んだ後の詩として

白い雨が降りました
戦いでも始まったかの様に
白い雨は矢のように……
窓の外に……
上から　せめられて
重苦しくてしかたがなかった
すぐに　さか立ちしてみたのに
重く重く　わたしを　ときふせる

やっぱり天は見上げるものだったのでしょうか？
"早く　やみますように"
何度も　天をあおいだ──

11月6日（月）

今日という日

1日が過ぎる
時をきざみながら……
朝が来て　今日を見た
肌寒いのに　まぶしいくらいの太陽
すべてのものに　平等な太陽だ
あたたかだと感じ
何かを見つめる時　考える　話す
行動する……
心はいつもゆれ動く——
跳んだり　はねたり　ころんだり
そして　夜目をとじるとき

今日という1日は　いつの間にか
過ぎていく
1日とは　何てふわふわしたものなの
風もないのに　とんでいく
時はせまる　こくこくと……
音もたてずに　すぎていく
"時"は　はやい
はやすぎる——

こく　こく　こく……
こく　こく　と……
時は流れる

11月10日（金）

2年前の日記帳を読む

今、2年前の日記帳を読んでいます
おさなかったわたしの　初恋の日々です……
とはいえ　なんて悲しいページが多いの
それは別れのせとぎわの時から書き初めた日記帳だからです。
楽しい時はもちろん孤独な時もありました。涙いっぱいの夜も
あったのです。なつかしいとはあまりのショックを受けたわた
しには言えませんが、わたしには、こうして〝小さな恋の物語〟
として思い出や経験が残っているのです。青春の一部のことが
書かれた日記帳、わたしはいつまでこうして持っているのでし
ょうか？

世界史の先生「愛」について語る

今日は授業中に世界史の先生が横道それて話してくれた『愛』について、わたし、なるほどそうねって思ったことがあるの。先生は何と高校１年の時に愛がめばえ、そして10年後に結婚したのだという。

その10年とは、高校卒業後、４年生大学、それから社会人として１人前になるまでの月日である。その間、先生もおくさんも待った。心変わることなく、先生はおくさんをとても大事に思っていたから──、信じあっていたから──、一度もうたがうことをしなかったから──、でもやはり、一度だけ先生はうら切られたと思ったことがあったという、おくさんのお見合いである。でもそれは家のことなどで理由があったらしい。

ほんとうに信じあって……あのおもしろい先生からは想像も出来ないみたいなことだった。

そんな先生達だけど学校では、ほんと知らん顔だったんだって、すれちがう時なんかも……だから誰１人知ってる人はいなかったって……学校の中でいちゃいちゃしたりするのは、ほんとうの愛でないという、わたしは心が動揺させられた。そういえば、学校の中、勉強するための学校でローカや教室で２人、ほほえましいことはそうだけど、学校でするようなものではないと思えた。

先生が言った。『遠く離れていても、信じて大事に思いやる心がほんとうの愛だ』と……『自分が少しでも相手をうたがえば

相手も同じくらいうたがっているものだ』……と。

わたしはこの時、初めて気がついた。あの人が私から、信じられなくなった、と離れていったのは、私もずい分、あの人のことをうたがい、信じてあげることができなかったからなのだ……と。

あの時、どんなことがあっても信じつづけていたら、あんな苦しい１年を過ごさずにすんだのに、恋愛の見方が変わったのもこの時からだった。１人の人じゃなく１人目、２人目の人とつきあってみる私……、つくづくいやな自分を感じさせられる。

ほんとうの愛に気づいた時には、もうおそかった。信じるということの強さを今はじめて知らされた。

あの時のあの人、もうもどってくることはないの？

私はこれから、同じ愛を見つけることができるでしょうか？

12月31日（日）

お正月　想い　卒業をむかえる年

除夜の鐘がなっている──、大みそか、今はもう１月１日なのです。
今こうしていると新たな年、いったいどうなるのかとても不安です。というのも、今年は、今までとは違って、学生生活からぬけ出し、いっちょ前に、社会人になるのです。とても楽しみにしてる反面、うまくやっていけるのか心配なのです。
それに心のすみで、わたしは、この道にすすんでこれでよいのだろうか？　という、迷いもあるのです。
夢に見ていた保母さんにならなくてよいのか？　と……

今年のわたしには、すごい変化がありました。
忘れられなかったあの人色から、今の色に、ほんとうに今になってやっと、あの人色から１歩ぬけだしたんだ……って気がします。
あの人色の中でわたしは、とても苦しみました。
忘れられないあの人なのに……好きでした、大好きだったんだ……って気がついて、それだからこそよけいに悲しかった、淋しかった。
でも、わたしは、今の色に変われた──。
あたたかくて、やさしくて、楽しくて、あかるい色なのです。

この1年間の日記帳をふり返ってみるとよくわかります。わたしは、あの日からあの人色を少しずつ忘れられるようになったのです。

この間もあの人に、笑いかけられたのも、今だからこそです。今のわたしなら、あの人色のあの人との思い出を、とてもいいものだったと思えます。あの人とだって、昔のような友達として話せます。いやな思い出にならなくてよかった、と思ってます。

別れてしまうこと

さよならしてしまうこと

それはあまりにも寂しいことじゃない……⁉

みんな、いつまでも友達でいようよ

お正月！

新しい年　18の春に
何も知らないはじめての世界へ私は旅立つのである
お前は何を望む──
何を期待するのか──
…………
わからない……わからない……
今年はいったいどんな年になるのか？
何もかもが新しくはじまる

ただ言えることは──
やってみよう！
ガンバロウ！
一生懸命やろう！

17歳の私からの最後のメッセージ

詩集

小さな花が開く時
大きな花は散っていく
たった一度のすれちがいだから
やっぱりすぐに
忘れられてしまうんですね――

風はさわぐ　ザワザワと……
音をたててやってくる
風はやまない　うめきながら……
雨雲つれて　やってくる

窓に映る風はやさしい
やさしい目でみる風は泣いてる
やっと見つけたあたたかさだった……
やっと見つけたやさしさだった……
音をたてて　こわれた日がある

風は知ってた　悲しみを……
風は知ってた　冷たさを……
風は　さみしい……

あなたが　いってしまってから
わたしは　さみしさにおびえた
ひとりが　こわかった
あなたの　ひとみには
わたしが　うつっていないから……
わたしには　いつもあなたが見えたのに……

さみしさにたえかねて　他の人に目をやった
あなたへの反発意識でつきあった彼
ただ　きずつけて　きずついただけ……

あなたプラス１の彼がいたから
忘れました　あなたのこと……

彼はやさしく　笑ってくれる
わたしは……心から笑えない……
あなたと過ごした１年がじゃまをして……

さよならの言葉も聞いてないけど
あなたのかげが遠くなってゆく
やさしかったあなたと
わがままなあたし

少しずつみえなくなる
あなたの心が
今のあたしを悲しい女にしてる

Summer

夏は人が変わったみたいに
みんなみんな冒険者
ステキなパートナーが
見つかりしだい　恋人きどりの
恋人同士……

夏はうわさが早くとび回って
あの人もこの人もHappyカップル
なんて　ささやきが
くすぐったくて　しかたがないの
だけど……

♡バレンタイン・デーに

悪い子だった
わたしの心を
食べちゃいます……
大きな　大きな
ハートに
のせて……

12月20日　『冬将軍のお話』

朝起きたら　とっても寒くて冷たくて
外には雪がつもってた。
とうとう大キライな冬将軍が降りて来た。

おーい　冬将軍やーい
ちょっと聞いていいかい？
悪いけど　お前のこと好きじゃないんだ
だけど　毎年かならず
やって来るんくだネ　どうして……？
…………

やっぱり　お前もさびしかったのか
人とたわむれたかったのか
そうだネ
秋風さんは　こう言ったんだけどな

"ぼくのあとからやって来る白いやつもただのおやくめさ"

本当は　ぼくたちに会いにやって来たんだろ
ぼくも冬将軍にたわむれるんだい
好きになっていいかい？
大好きに……

愛の落とし物

青春の落書き
真っ白なノートにつづったのは
純粋だったから……
ページをめくると若草のにおいがする
風に飛ばされた
たった一枚の思い出
花を愛したように……
虫を愛したように……
初恋の小さな愛をにがしてしまった
わ・た・し
さがし物は何？
"あいです"
ひろいなおすことができるなら
…………
愛はわたしの落とし物です

朝……
あなたに会えることを期待しました
壁一つへだてたところにいる　あなた
とても遠い人だなんて思えなくて
ふざけて表に飛び出したら
あなたに会えた偶然が好きと
はしゃいでみても……
いつも　一人……
一言"おはよう"が言えるといいな──
できるなら……
あなたとわたしの散歩径で……

15の季節

15歳にもうすぐ　ピリオド
さよならの季節のみこんで
1つ大人になりたいな……！

──Lovely Message──
あなた

【第 1 部】

あなたの思い出を
今ここに見つけて
小さな箱のふたをあけたら
こんなに思い出があるなんてと
手にいっぱいかかえてほほえんだ
楽しかった時のことだから
二人の声が聞こえそうだったから

冬は冷たくて寒かったけれど
出会いにふれ会いをくれた小雪があった
春はあたたかく迎えてくれると
二人でとびらにハートのいたずら
"はっきりかけよ" としかられながら……
そんなとびらは　デコボコだらけ

今はどうなっているのかと
一人で笑ったまぶたの裏に
あなたの顔がポツンと見えた

【第2部】

二人だけの日記帳
今ここに開いて
はさんだ写真を一枚取り出したら
こんな近くにあなたがいたなんてと
忘れん坊の自分をまた笑う

ただ涙が出なかっただけ
なつかしさは笑うあなたに消されたから

忘れなかったカセットテープ
"いい歌だから聞けよ"と言って
くれたテープはほこりだらけ

そんなほこりを自分の息で吹きとばし
一人で鳴らすカセットテープは
小さく小さく鳴らします
私だけの思い出だから
私だけに聞こえるようにと

【第3部】

語り合ってふざけたことも……
肩をくんで歩いた帰り道も……
ずっとずっと前のことまで思い出す
曲は私の時代のように
思い出をきざんで行くなんて

今も二人
一日一日の思い出をつくっているのに
私があなたの思い出をさがすなんて
このごろすれちがいばかりだから
どこかで冷たい風がじゃまをするのかと

一人で聞いてるカセットテープも
最後の曲と気づいた時
私には涙しかなかった

I Like……!

今がとても寂しくて
"声をかけてくれたらいいな"って……
"そばにいてくれたらいいな"って……

あたたかい風はあなただったよね

陽は高くてまぶしいから
目くばせしたって見えはしない

一人で泣いてたまぶたの裏には
あなたの姿しか見えなかった
……

——END——

二杯目のコーヒー

一杯でやめようと飲みはじめたコーヒー
あなたと別れたせつなさがこみあげて
涙まじりのショッパイコーヒーを飲んだら
あなたのそばへと　時を下りました
かけ足の　わたしだけど
コーヒーがあついものだから
ゆげまじりに　あなたが見えなくなりました
おっちょこちょいでドンカンなわたしなのに
３秒もたたないうちに　水蒸気にのって
飛んでいくあなたを見つけたから──
おっかけるように　二杯目のコーヒーを飲みほしてしまう
そしたら……あなたもみんな　消えてなくなりました
目ざましのベルが鳴るように
落ちたスプーンがコーヒーカップの中で
カチャ　カチャ　カチャ……
──もしかしたら──
三杯目で涙色のコーヒーが飲めるかも知れない!?
不思議な不思議な三杯目のコーヒー
時の壁に見つけたあなたは──
二杯目のコーヒー館の中……

赤

少女時代のあこがれが赤なら
青春時代は赤
恋人時代も赤だろう
なのにどうして
去りゆく別離のたびに
散る花は
赤いのだろう

チョウチョ虫とトンボ虫

スミレの花にいいました
“ちいさいね”ってチョウチョ虫
おはようもいわずにかおりに酔って
こんばんはもいわずに　あまえんぼ
一晩中
やさしさにつつまれて眠ったくせに──
だから紫色にそまったの──？

ひな菊の花にいいました
“かわいいね”ってトンボ虫
用もないのに　空を飛んで
ふざけて見せた　アクロバット
空高く
飛びすぎても　見失いたくないくせに──
そ知らぬ顔して　飛んじゃったの──？

あなたへ

やっと忘れかけた　あなたなのに
寒い冬は　ひとりでいると
風に乗って　笑いながら手をふる
あなたが　みえる
このわたしを　ふっておきながらも

冬は　さみしい……
あなたとの　思い出が多すぎるから
あなたへの想いを　すてるには
とてもとても　長すぎる

あなたは　やさしかった‼
そして　わたしも　やさしかった──ナンテ
その　わたしをふるなんて……
ほんとは　あなたはひどいヒト⁉
あなたを　悪者にして
たった今
忘れることに決めました──‼

郷愁

春休み　ふるさとに帰って来ました
大きく広がる空は　青
山は新鮮な緑の芽を出し
わたしは昔のやすらぎの世界へ

髪を　くすぐる南風
やさしくダンディな香りを乗せて
確実にあなたの世界へ

時を超えて
ひと昔前のひとこまが
ポツリ　ポツリよみがえる
それはサーモンピンクのようでした
やさしい香りはあなたのよう

ここがふるさと
あなたとわたしが必ず会える
サーモンピンクの
思い出ふるさと

この町に来て

わたしがこの町に来て
早三ヶ月
大すきなあの人にさよならも言えず
学生時代にさよならしてきた
たったひとことのさよならなのに……
心残りでしかたない

会えなくなってしまってから
月日はいくつも重なったのに
ますますあなたを忘れられなくなる
みつめる時間がなくなって
あなたのしぐさが見えなくて
あなたの声が遠ざかる

したいつづけ
あの時の言葉を信じつづけているのに
過ぎてしまった三ヶ月の空間が
こんなに寂しい
これからもつづく長い月日に
悲しみを覚える

こんなにあなたに会いたいのに……
あなたがとってもすきなのに……
わたしはこの町に住んでいる
あなたがどこにいるのかも
確かめないままで……

風が強く吹く日には

風が強く吹く日には
花でかざった麦わら帽子を頭にのせて
風にまうロングドレスで着かざって
あの人と歩いた道に
飛び出してみる
細い小道を木々がおおう
少しのすき間から吹く風は
いじ悪く強く
花の帽子を飛ばそうとする
ドレスのすそをまきあげる

わたしがどれだけじたばたしても
すきだと言ったはずのあの人なのに
手をかざしてくれることもなく
飛んでった帽子をおいかけてくれることもない
女らしくなったわたしのそばに
いつもあなた　いてほしい
ジーパンでデートした
あの頃の他に
あなたのすることはいっぱい
あるから……

風が強く吹く日には
あなたがそばにいてほしい……

鏡の中のわたし

あなたのことを思い出した時
鏡を見ると
目にいっぱい涙をためた
少女に会える
あなたはあまりにもやさしすぎたから
少女は
遠ざかるやさしさを
いつまでもおいつづけているのです
あなたが見つからない寂しさに
少女の心に悲しみの湖が
広がったのです
ふと鏡を見た時
少女は笑いかける
あの人に見てもらえないからと
悲しみの湖はあふれてしまうけど……
本当の愛に気がつき
鏡を見た時
少女はやさしくほほえみかける
少女から女性に変わるのがわかるから
悲しみの湖は水をなくした

鏡の中で笑っているのは

大人の愛を見つけた
わたしだった

かわいいコップにお酒を入れて

何故かとっても気分がよくって
にぎやかな町にとびだしてみた

何故かとっても素直になれて
「わたしはあの人が大好きよ」
なんて
親しくもない友に語りつくした

何故かチクチク心が痛くて
知らない男（ヒト）にもたれかかってみた

こんなに気まぐれにはしゃぎ回った１日──
何が楽しくて笑ってたのか
何が言いたくて人にふれてみたのか
分からない
分からないから
ほんとうは淋しいんじゃないかと思った
こどくな自分は
かわいいコップにお酒を入れて
半分大人の気分で
あの人を想い
酔いつぶれそうな自分に

涙がこぼれ落ちた

あなたのコンサート

コンサートの券が
たった一枚だけ発行されました

わたしのための
あなたのコンサート

あなたは歌い笑いかける
首をかしげるしぐさは誰に向けたもの
だから時々いたたまれなく
ふり向いてしまう
そこには影
たった一人のわたしの影

向かい合わせの
二人だけのコンサート

あなたは歌い話しかける
やさしいひびきはどこまでも遠く流れてゆく
だから時々さみしくなって
ふり向いてしまう
そこには風

わたしの大きなため息と

人生

人は生まれ
ものごころがつき
歩みはじめる
くらやみの中を手さぐりで
何かを求めさまよいあるく……
手を伸ばし
つかみかけたものが人生なら
あなたとわたし
心を開き語りつづけた
あの日のことや
あなたのぬくもりを
両の手のひらいっぱいに
感じてたあの頃を
わたしの人生にしたかった……

あの曲のような

わたしにもあの曲のようなおさない時があった
それはあこがれ

わたしにもあの曲のような楽しい時があった
それは恋

わたしにもあの曲のような悲しい時があった
それは別離

あの曲もあの曲も
一つ一つが思い出の曲
それはいつも
わたしとあの人が主人公

恋の数え歌

もしやと思ってのぞく窓に風のいたずら
風の中に声がする
あなたを待って数えた
恋の数え歌

あなたの声が耳もとくすぐったのに
はるかかなたのあなたの言葉
「ぼくは一人じゃないんだよ」
なんて
うそだとおしえてくれる人は
ひとりもいなかった

たった今
悲しい恋の数え歌は
風にかき消されてしまった

恋なんて

人がきずつけられても
わたしはきずつけられたくないと思う
人をきずつけても
わたしはきずついてないと思う

恋のやりとりなんて
いつかはひきょうで
いつかはみにくくて
いつかは悲しいもの

いっそ恋なんて
知らない方がよかったのに……

N.S.Pによせて

また会えますね
あれから数えたら半年になりますよ
覚えてますか　わたしのこと
ずっと遠くからあなたを見てた
よく　笑ってましたね
よく　動いてましたね
わたしは何もかも見てました
あなたは何もかもわかってないヒト

また会えますね
今度こそ思いきってそばに行きますよ
かならず握手して
あなたとの思い出が欲しいから
もう　顔見知りですね
もう　話をしてもいいですね
わたしは勇者になりました
あなたは勇気のいらないヒト

とってもちぐはぐなのに
あなたはわたしの前にいる
あなたは不思議なヒト
わからないのが不思議です

不思議なヒト　それは……

わたしの幸せ

何もしないで　ただあなたを見つめてるだけで
わたしは幸せです
手を伸ばせば遠くなるような
気がして……

やさしく声かけても
ありふれた言葉だけで
そばによっても
あなたの目に映るわたしは
ただの人……

そんなふうで終わってしまうなら
出会いなんて　わたしはいらない
あなたはわたしの夢の中で
確かに生きてる
確かに生きてる

それだけでも幸せになれる
わたしです……

空

何となく
あの空が　見たかった
ひとつひとつ　記憶をたどって……
ふたつとない　空を探してしまった
ただ何となく……
あの空が見たかった

18

信じて欲しいのに
信じる自信がない
愛したことはあっても
恋をしたことがない
大人ぶってみても
女になれない
わたしは18
このままのカタチで終わってしまうのかしら……
あまりにも心苦しい
どうしようもなく淋しい
心のすき間
ポッカリ穴があかないうちに

都会

初めて歩く道
迷い子の気持ちで歩くしかない街並
初めて出会う人
誰も知る人のいない都会
華やいだふんいきにのめりこむ
冒険的な世界
なんだかとっても
大胆になっちゃう
でも
もう二度と行かない
今まで育ててきた自分自身を
見失いそうな気がして
もう一人のわたしに出会うのが
恐いから……

From Sachi

あなたに会いたい
何も話せなくたってかまわない
そっと腕に　すがりたい
そっと髪に　ふれてみたい
あなた　だまって　私を見て
わたしだけを　見てほしい
そばにいたいの……
わがままいうわたしを許して下さい

あなたに会いたい
何も話せなくたってかまわない
そっと胸に　すがりたい
そっとほほに　ふれてみたい
Kiss me !!　　言葉なんていらない
私だけを　愛して下さい
このままでいられたら……
わがままいうわたしを許して下さい

Kiss me !!　　だけどGood bye
あなたに　さよなら
もうこれ以上

同じ夢を見ることもないのね……

1

あんたのこと一番愛してたのに
とうとう縁をきる時が来たのネ
そういえば昔っから
縁がなかったのかも
いつもとなりにいたのに
すれ違いの多かったあの頃
ばかだったなあたし
あんたが見えてなかったなんて
悲しいネ……

2

あたしたちもうダメみたい
とてもつづきそうにないみたいよ
いくら愛してるなんて
書きつづってみても
あんたの町は遠すぎる
知ってたわよ　うわさでね
ばかだねあんたも
かくしとおせると思ってたなんて
おかしいネ……

3

ああ　あんたのそばには誰かいるのね
ああ　あたしじゃいけないのネ
愛の深さがわかりますか
自分の愛は見えてるの
私は愛がつかめない
愛することは幸せですか
愛されることが幸せですか

やさしさ

あんたはあたしのために決めたんだ
あたしを悲しませないように
あんたの理屈はおかしいよ
あたしにはわかりっこないけれど
あの子の愛にはかなわない

あんたはだまっててよかったんだ
あの子を見てればわかるもの
離れすぎてたせいか
ずい分　その子に負けました
もうとてもかなわない

あんたの最後のやさしさですか
"元気で頑張れ"
葉書きによせて
あたしの手元に今残る

こだま

あなたのこと思えば　ふり返ることばかり
戸だなのすみにかたづけられた　日記帳
あなたとわたしの字で　うもれてる
今見ると　いつの間にかきばんでて
やさしさだけが　こだまして
目の前を思い出が　飛んだりはねたり
すきだった　あなた
恋は身勝手なものね
時の流れに押し流されて……

いつの日かあなたは見えなくなった
部屋の中にかくされたままの　写真
あなたの笑顔は変わりない
アデュウ　いつの間にか季節は過ぎて
最後の言葉が　こだまして
暗やみを影だけが　出たりかくれたり
すきだった　あなた
恋はかげろうかしら
時の流れにゆらりゆられて……

残書（残したはしり書き）

あなたの残したはしり書きに
思い出したかのように目を落とす
大きなハートが悲しくひびわれているけれど
あなたの気持ちがよくわかる

パラソルカラーが赤青黄
左が私右が彼
あいあいがさがとってもかわいいけれど
あなたじゃないのが心に痛い

どうしてこんなにハートをちりばめたのですか？
Good bye my friend, so long なんて
ネエ　おしえてよ

いったいどんな気持ちで書いたのですか？
See you again, next chance なんて
ネエ　おしえてよ

あなたはただそれだけ残しただけで
だまって去ってった
何もいわず去ってった

現実を見つめたなら
あなたとわたしの間には
何もない
だって　そうでしょう
かつて聞いた電話の声も
手紙の数も……
いつの間にやらプッツリ

夢をおいかけたなら
わたしのそばにはいつも
あなたがいる
だって　そうでしょう
手を引いてくれたのも
たくさんのお話も……
わたしのためにやさしく

現実とおいかける夢の中で
わたしは小さくなっている
つめたくされても　さみしくなっても
それは現実なのよ
夢はどこまでも大きいけれど

だからいつの間にか
愛の手もとめて……

愛するということがわからなくなってきた
その人といると楽しいから
愛してるんじゃないかと思う
その人のこと気になるから
愛してるんじゃないかと思う
この人がすきなのかしら……
この人をすきになっていいのかしら……
なんて考えてしまう

愛することにおっくうになり
愛されることから逃げてしまう
そんなことわかってる
わかってるけど
愛せないの
しかたない……
今はしかたないとか言えやしない……

砂

砂浜に流れついた棒きれで
N.S.Pと書いた
３人グループなので　それぞれの
名前を書き残す
塩のにじんだ砂浜のN.S.Pの文字が
やけに大きくなりすぎた
唯一の思い出達は
海をスクリーンにかえ映し出す
波の音は声となり
それが心の奥でここちよく
ひびいていた
体がひえきって　足もとがつめたい
気がつくと　いつの間にか
並べた文字が消えていた
思い出達まで
波にのまれるかのように
海にとけ込んでいった
にぎりしめてた棒っきれも
海にとばした
砂浜に立つと思い出は
全て海へ流れこむ
それは

よせてはかえす
波だけど……

青春とは

人がよく言う言葉がある
青春をつっぱしってきて
ふと足を止めた時
"あの頃にもどりたい"
人は誰も大人になろうと
青春のまっただ中をつい
かけ足してしまう
"青春って何だろう"
苦しみにぶつかって
悲しみを乗り越えようとして
つまずくことを知り
進めなくなって
愛さえをも失くしかけている
そんな時
たまらなくなって少しのやさしさに
すがりついている
それはずっとずっと昔のことで
うらぎることさえ知らなくて
寂しさ　つらさなんて
少しでも笑える時間があれば
いつでもふっきれてしまっていた時のこと

信じています
愛しています
素直な気持ちで言えたのは
遠い遠い昔のようです
人は誰も生きようと
愛する人とどこまでも
やさしさの中にうもれた日々は
もはや通り過ぎてなつかしく
いきづまればいつもいつも
求めてしまう
人はよく思い出したかのように
ふと言ってしまう言葉がある
"あの頃にもどりたい"
"あの頃にもどりたい"
…………

おわりに

一緒にいた時が短すぎる私達。
たった一年も続かなかった遠い昔のこと。
忘れても当然のことを大切に（覚えている）している。
忘れないようにきざんでいたのは何？

日記の締めとして採用したページは17歳の私からの最後のメッセージ。それが何故かコロナ禍の今。
今の私自身にとても響いた。
それとともに読み返すといくつかのキーワードがあった。
　信じる　変わる　愛
そして昔の私はいつもわからない……わからない……と言っている。いつも迷っている。

そのすべての言葉が思ってもいなかった、予想もつかなかった昨今の時代にフィットする。変化を求められている今、ささえ合うことの大切さを感じる今、いろんな概念が変わりつつある中で、17歳の私から励まされることになるとは……
そんな新しい時代をすすむにあたって、わくわくすることもある。こんな身動きとれない時に少しでもこんな気持ちになれることを喜ばしく思います。
この少しの思いがエネルギーと原動力になっているのは間違いありません。

このたびは出版社の担当者様、編集者様、スタッフ様と「本づくり」をさせていただいたこと、とても頼もしくありがたく思っています。大切な思い出の短編集として投稿した物語のひとつがきっかけとなり、何かの形で整理できればと思っていた日記が本になると助言いただきました。

まとめられる喜びは大きかったけれど本にする意味ははたしてあるのかと、またしても読み返し日記とにらめっこ。

しばらくは頭の中と気持ちの整理に時間がかかりましたが、やはり前を向いていないと元気が出ない私にはエネルギーの方が大きかったようで気持ちも整い、出版するからには人の手に渡るステキなものになればいいなと決意しました。

最後にはなりますが、半分成長の記録。

そして大人の階段を歩んだ青春時代の私の日記や詩集には、あの頃大好きだった歌やまんがに寄せられた言葉などが所々感化されているところがあるかも知れません。でもそれは幼き私の心のひとこまにピッタリしたステキな言葉だったことでしょう。大好きな人、物、言葉だったことをご理解ください。最後まで読んでいただきまして、ほんとうにありがとうございます。

著者プロフィール

さくら さち（さくら さち）

石川県金沢市在住。

時のかけら 昭和ノスタルジック恋日記

2021年9月15日　初版第1刷発行

著　者　さくら さち

発行者　瓜谷 綱延

発行所　株式会社文芸社
　　　　〒160-0022 東京都新宿区新宿1−10−1
　　　　　　　電話　03-5369-3060（代表）
　　　　　　　　　　03-5369-2299（販売）

印刷所　株式会社エーヴィスシステムズ